BUENAS NOCHES
PLANETA

UN LIBRO TOON POR

LINIERS

TOON BOOKS • NEW YORK

UNA SELECCIÓN DE LA JUNIOR LIBRARY GUILD

"ESTE LIBRO ES
PARA EMMA
Y SU ADORABLE
PLANETA".
— LINIEL

TOON NIVEL DOS

Directora Editorial: FRANÇOISE MOULY

Diseño del libro: FRANÇOISE MOULY & RICARDO LINIERS SIRI

Asesora de la edición en español: MARÍA E. SANTANA

El arte final de RICARDO LINIERS se realizó con tinta y acuarela.

Un libro de TOON™ © 2017 Liniers & TOON Books, un sello editorial de RAW Junior, LLC, 27 Greene Street, New York, NY 10013. Ninguna parte de este libro podrá ser usada ni reproducida en ningún formato sin permiso escrito, excepto en el caso de citas breves dentro de artículos críticos y reseñas. TOON Graphics™, TOON Books®, LITTLE LIT® and TOON Into Reading!™ son marcas registradas de RAW Junior, LLC. Todos los derechos reservados. Todos nuestros libros se encuadernan con cosido Smyth (la encuadernación de más alta calidad disponible) y se imprimen con tintas de base de soja en papel libre de ácido, obtenido de cultivos de madera responsables con el medio ambiente. Impreso en China por C&C Offset Printing Co., Ltd. Distribuido por Consortium Book Sales and Distribution, Inc.; pedidos (800) 283-3572 34; orderentry@perseusbooks.com; www.cbsd.com. Los datos de esta publicación se encuentran disponibles bajo pedido en el catálogo de la Biblioteca del Congreso, https://lccn.loc.gov/2017013136. También está disponible una edición en inglés, *Good Night, Planet*.

ISBN 978-1-943145-20-1 (hardcover English edition)
ISBN 978-1-943145-21-8 (hardcover Spanish edition)
ISBN 978-1-943145-19-5 (softcover Spanish edition)
17 18 19 20 21 22 C&C 10 9 8 7 6 5 4 3 2 1

PARA OBTENER PLANES DE CLASE Y HOJAS DE ACTIVIDADES ADAPTADOS A LOS CCSS, VISITE

www.TOON-BOOKS.com

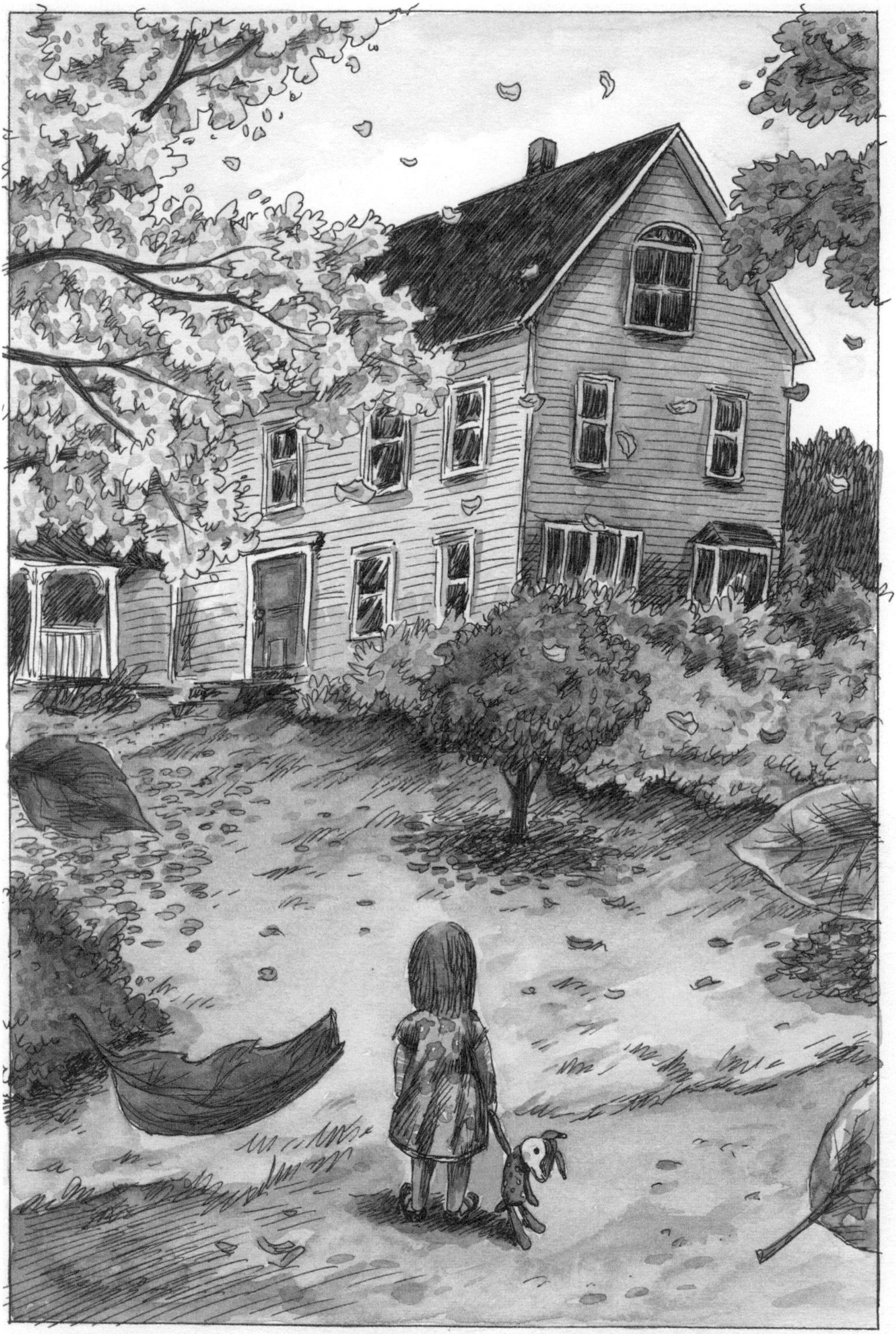

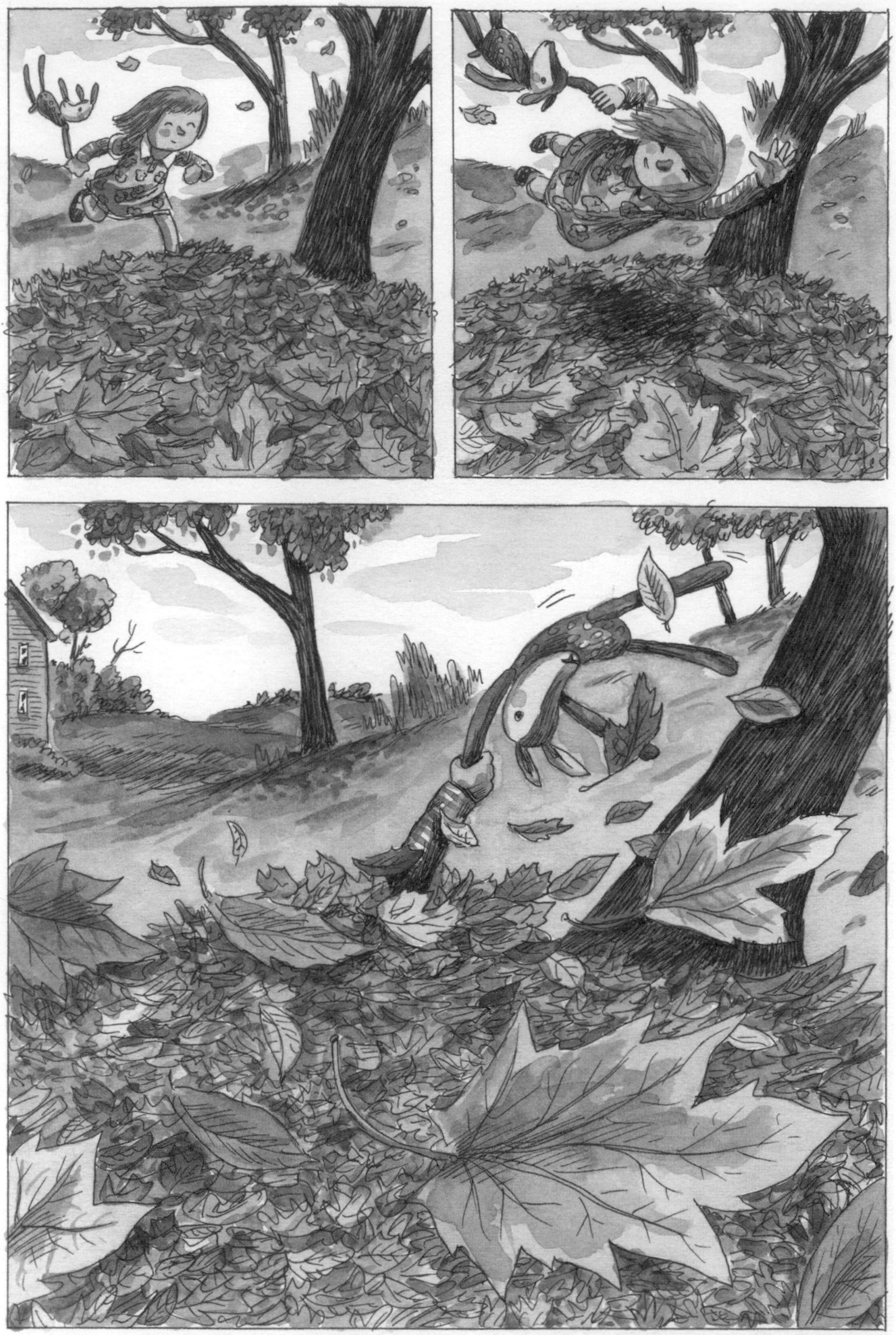

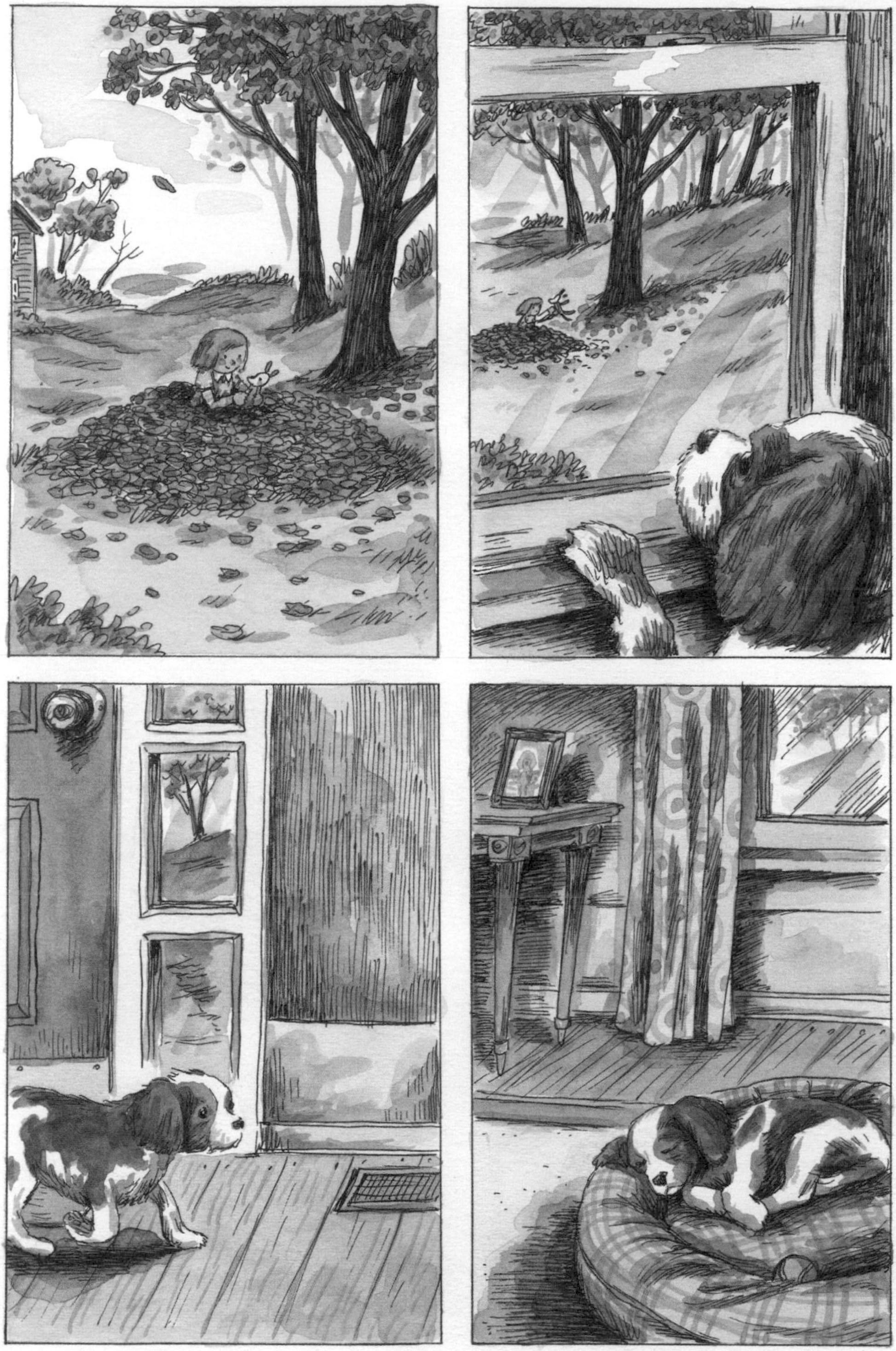

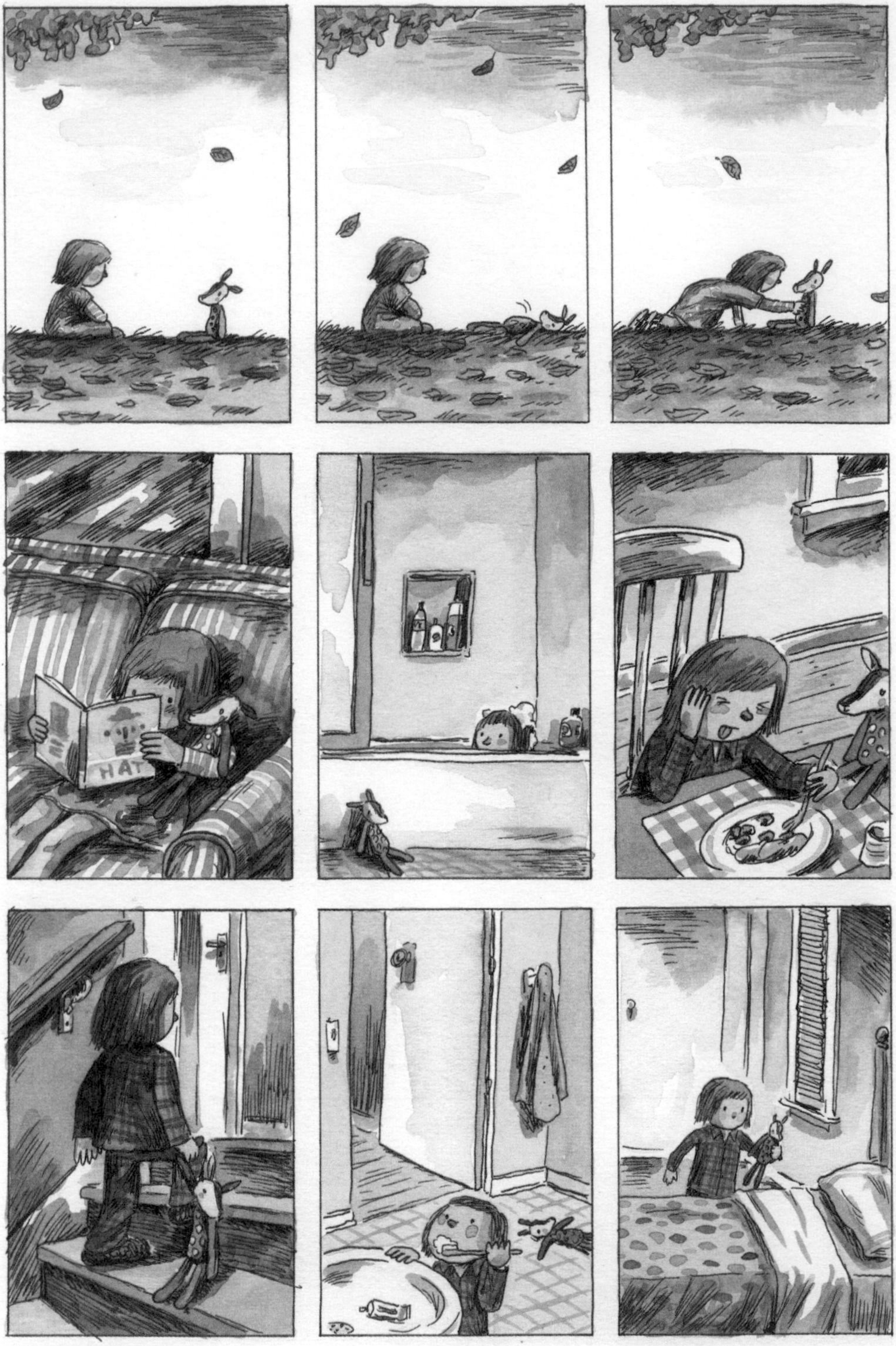
HAT

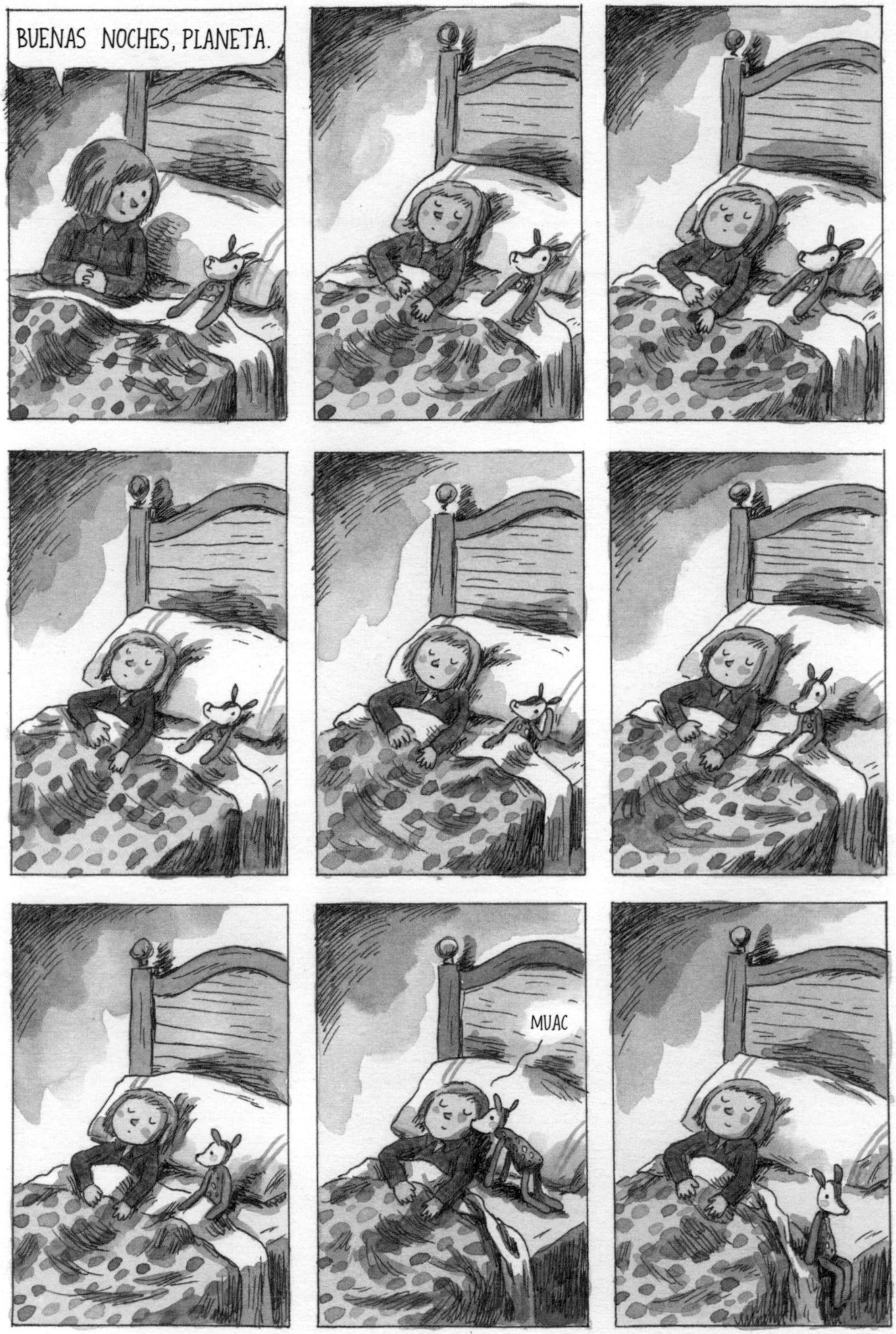
BUENAS NOCHES, PLANETA.
MUAC

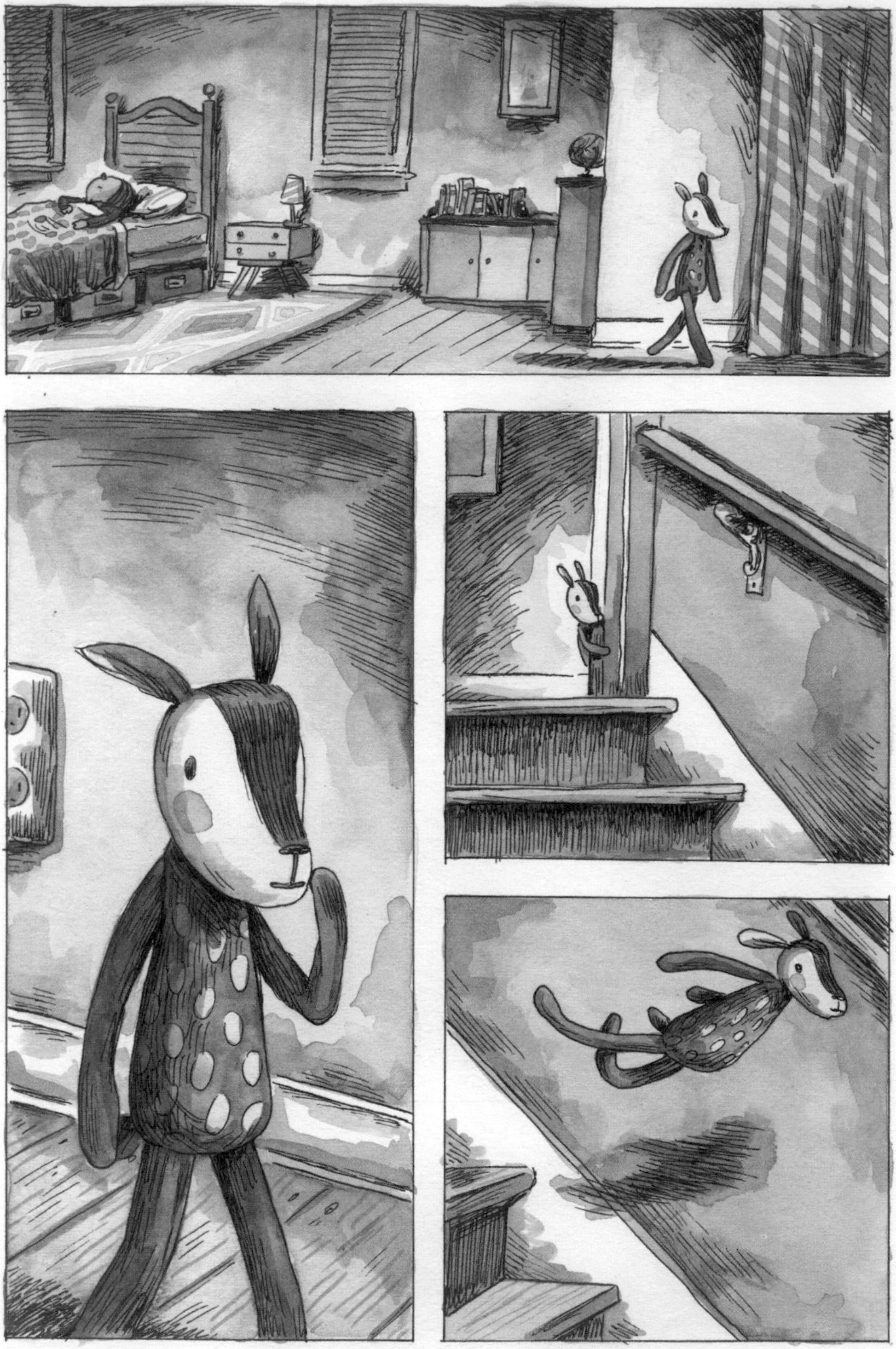

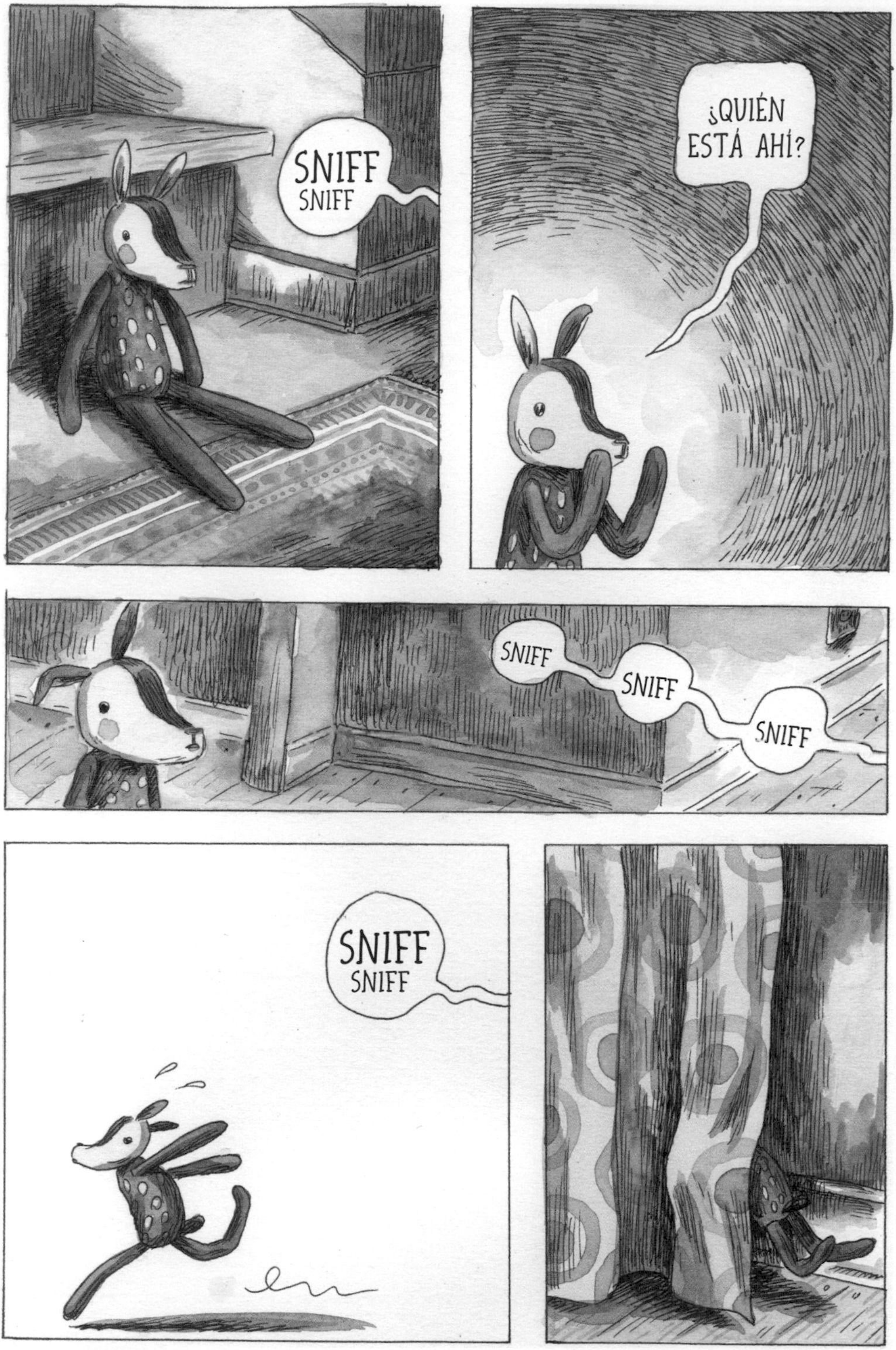
SNIFF SNIFF
¿QUIÉN ESTÁ AHÍ?
SNIFF
SNIFF
SNIFF
SNIFF SNIFF

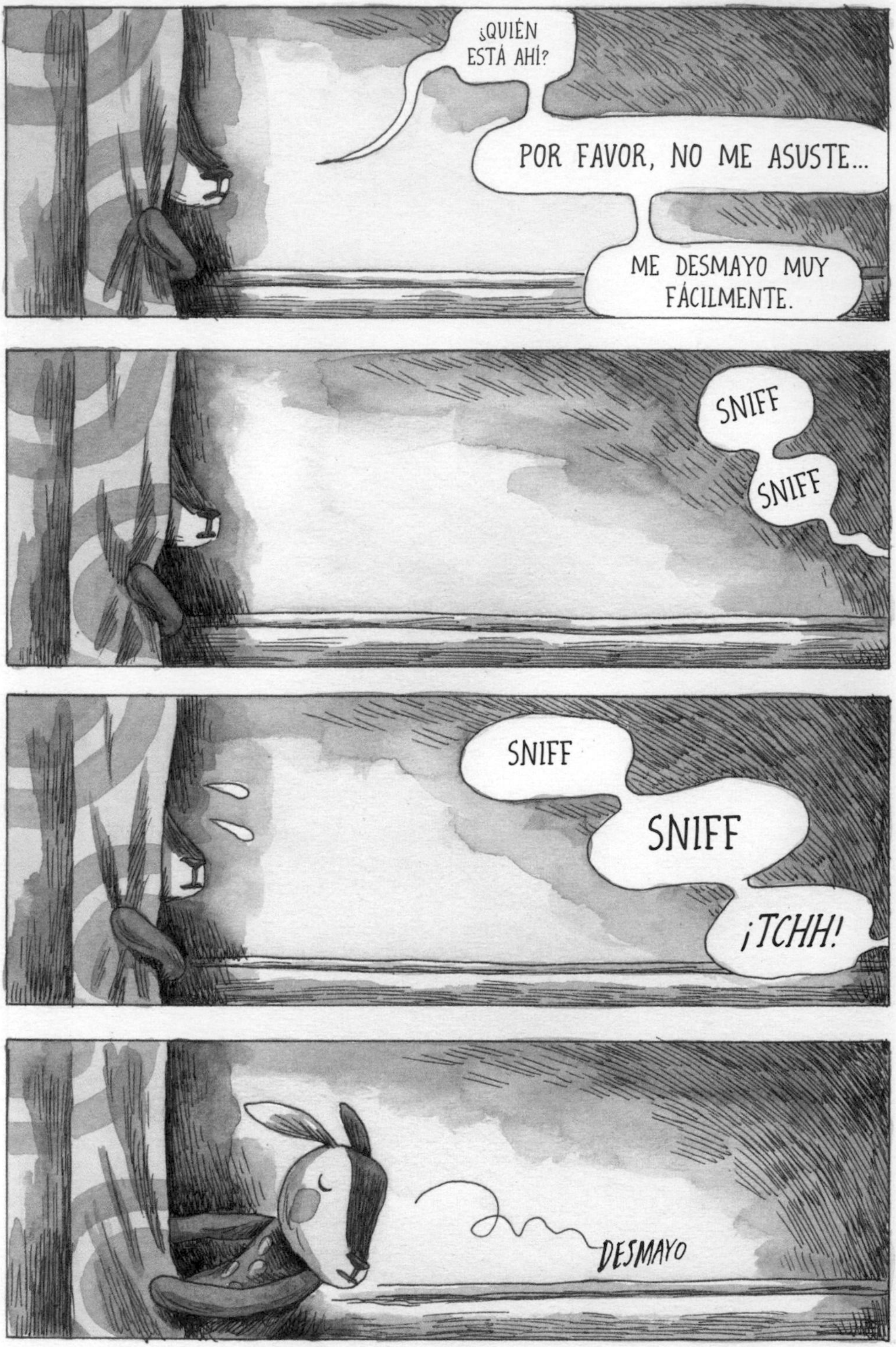
¿QUIÉN ESTÁ AHÍ?
POR FAVOR, NO ME ASUSTE...
ME DESMAYO MUY FÁCILMENTE.
SNIFF
SNIFF
SNIFF
SNIFF
¡TCHH!
DESMAYO

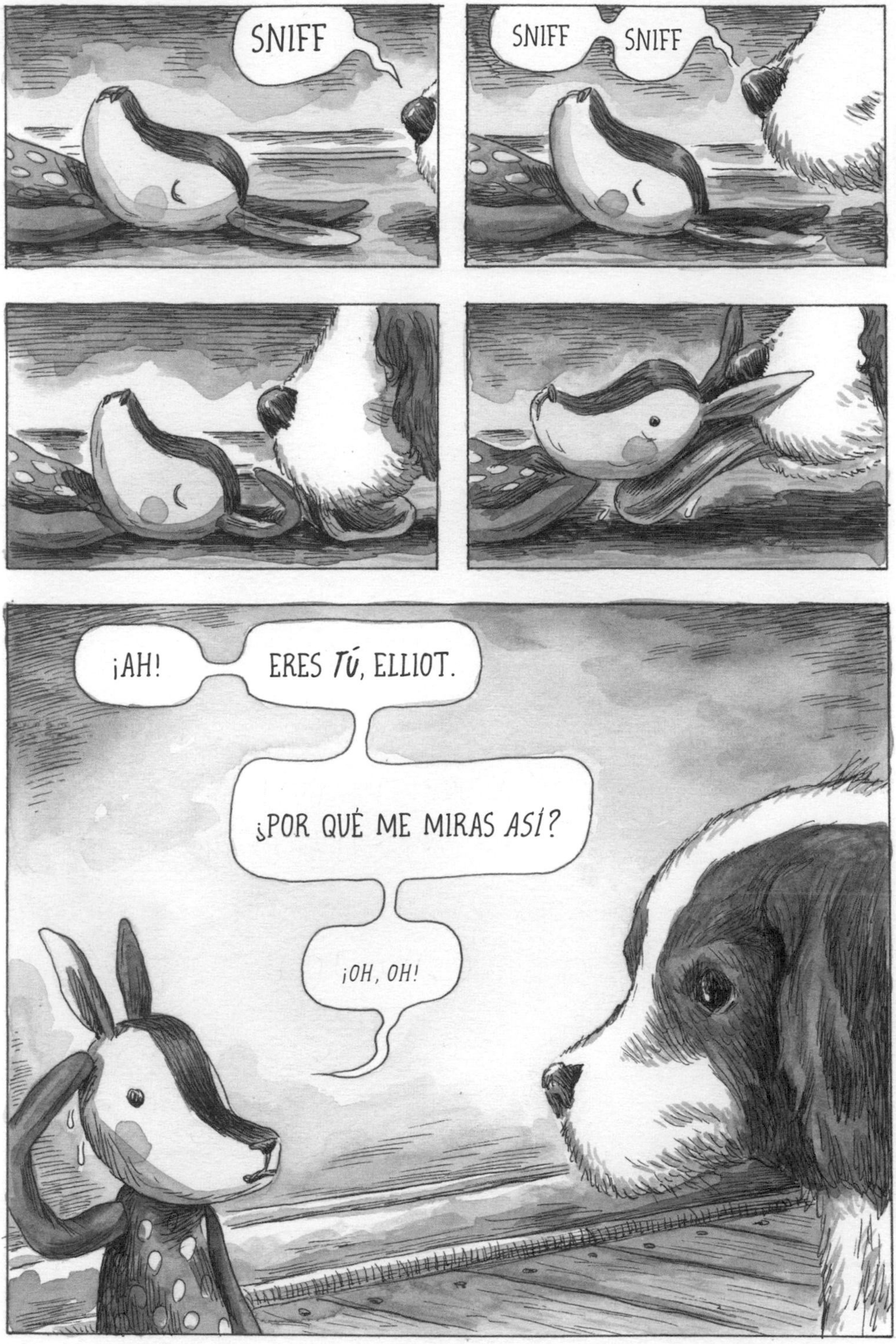
SNIFF
SNIFF SNIFF
¡AH!
ERES *TÚ*, ELLIOT.
¿POR QUÉ ME MIRAS *ASÍ*?
¡OH, OH!

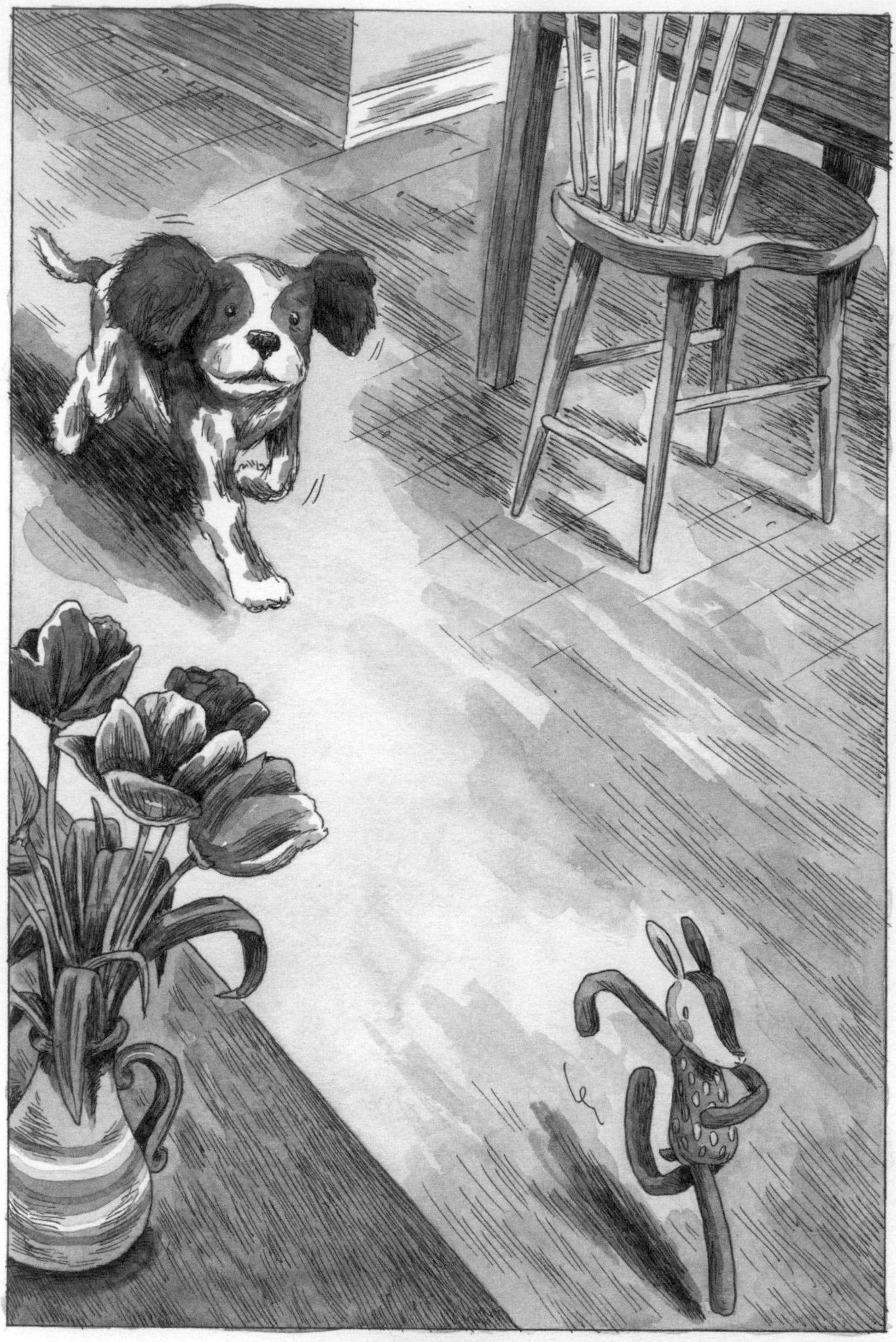

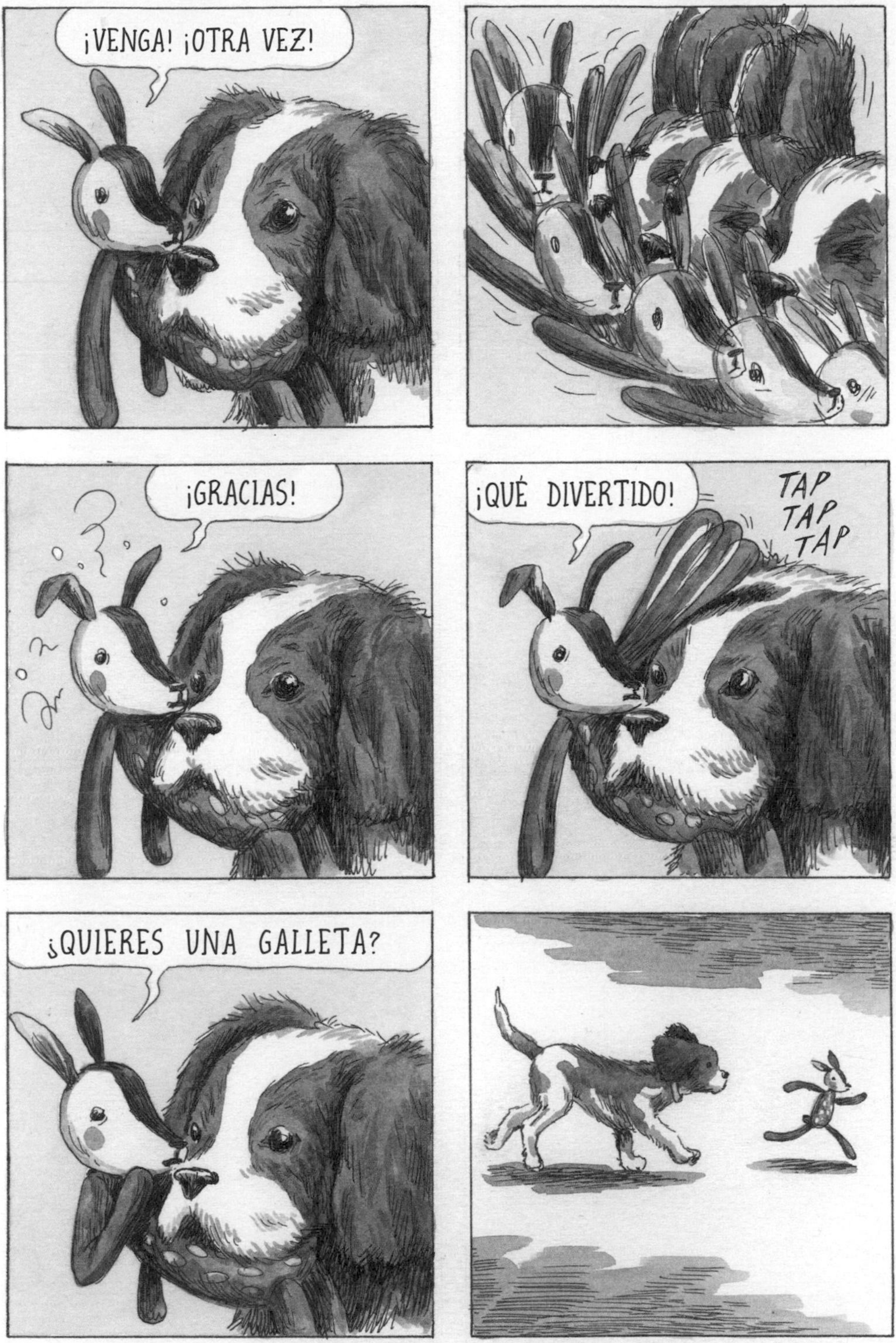
¡VENGA! ¡OTRA VEZ!
¡GRACIAS!
¡QUÉ DIVERTIDO!
TAP TAP TAP
¿QUIERES UNA GALLETA?

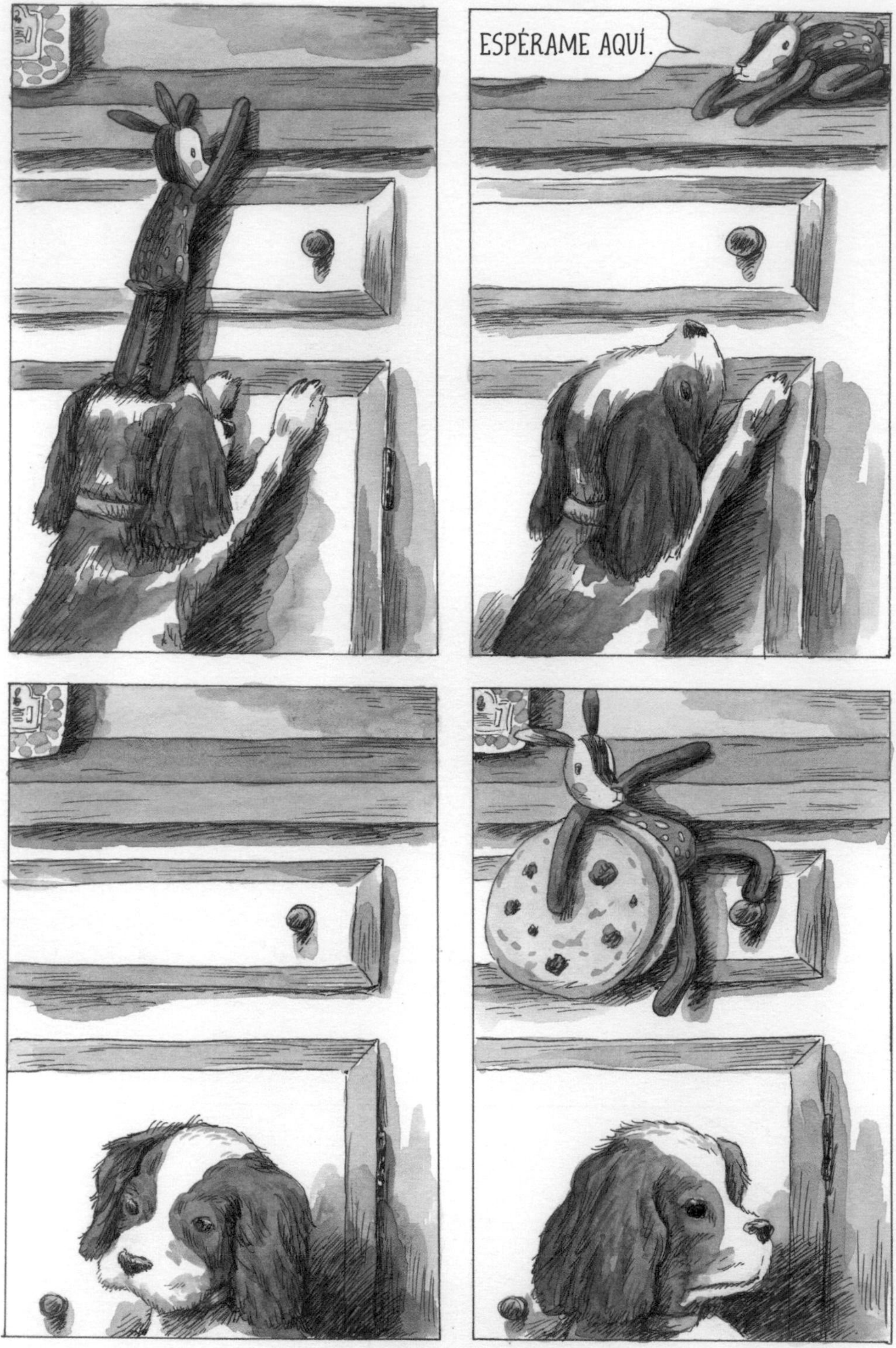
ESPÉRAME AQUÍ.

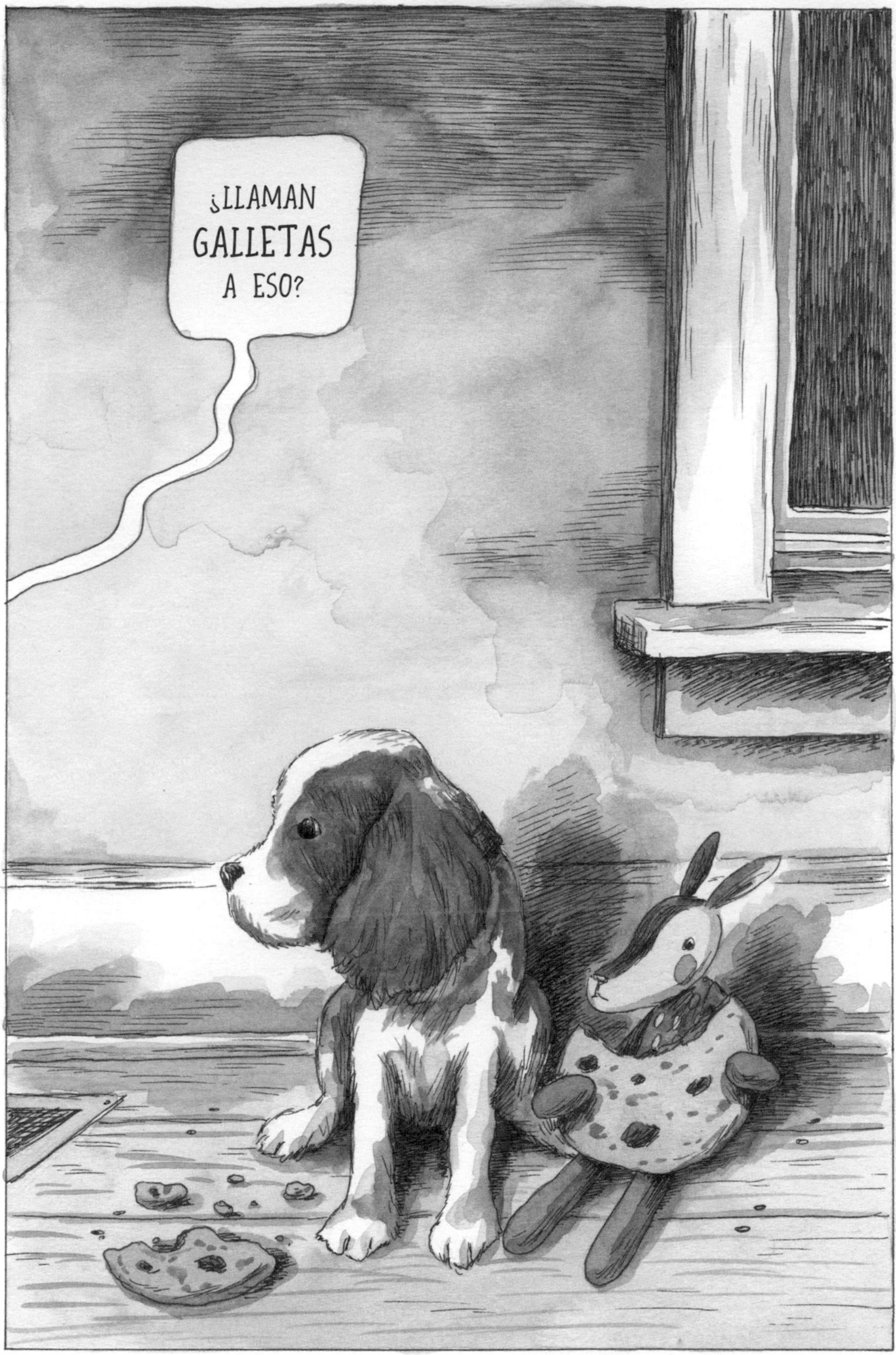
¿LLAMAN GALLETAS A ESO?

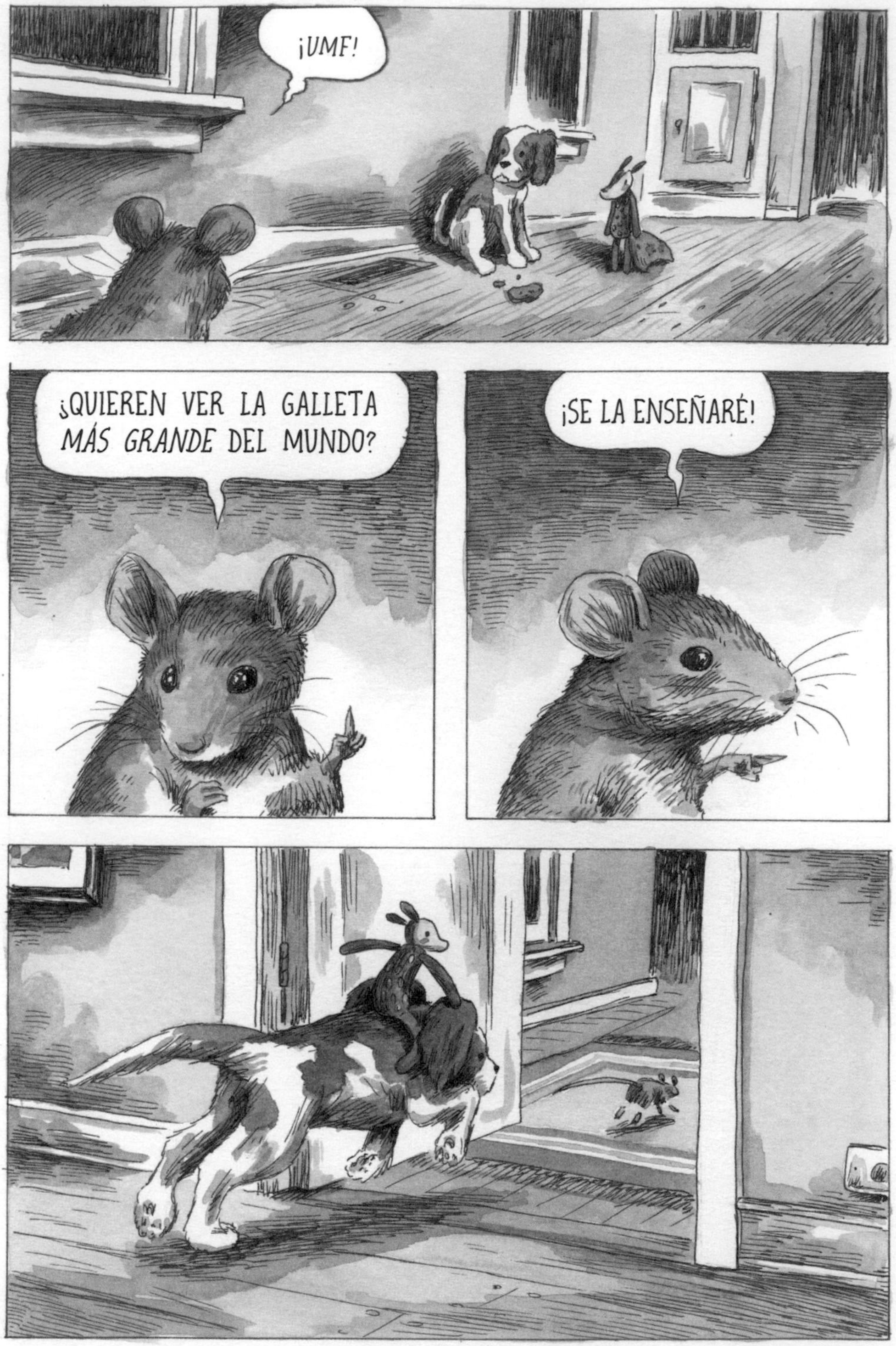
¡UMF!
¿QUIEREN VER LA GALLETA *MÁS GRANDE* DEL MUNDO?
¡SE LA ENSEÑARÉ!

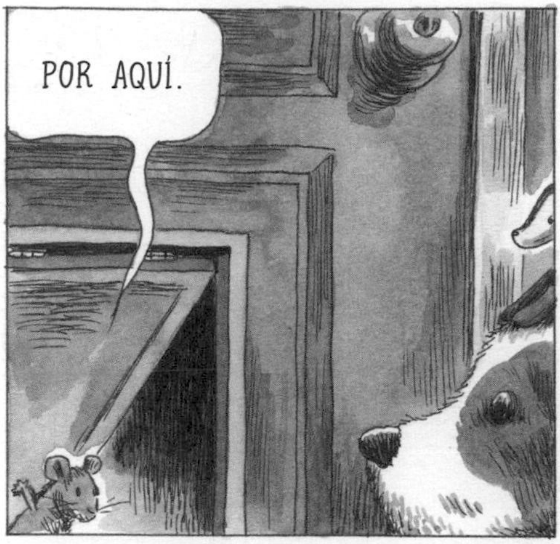
POR AQUÍ.

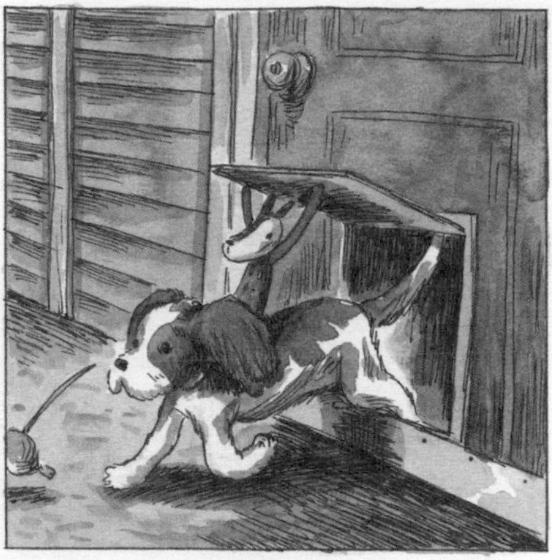

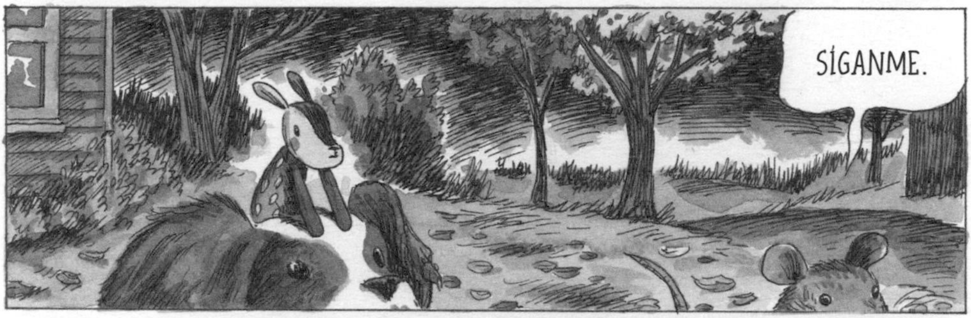
SÍGANME.

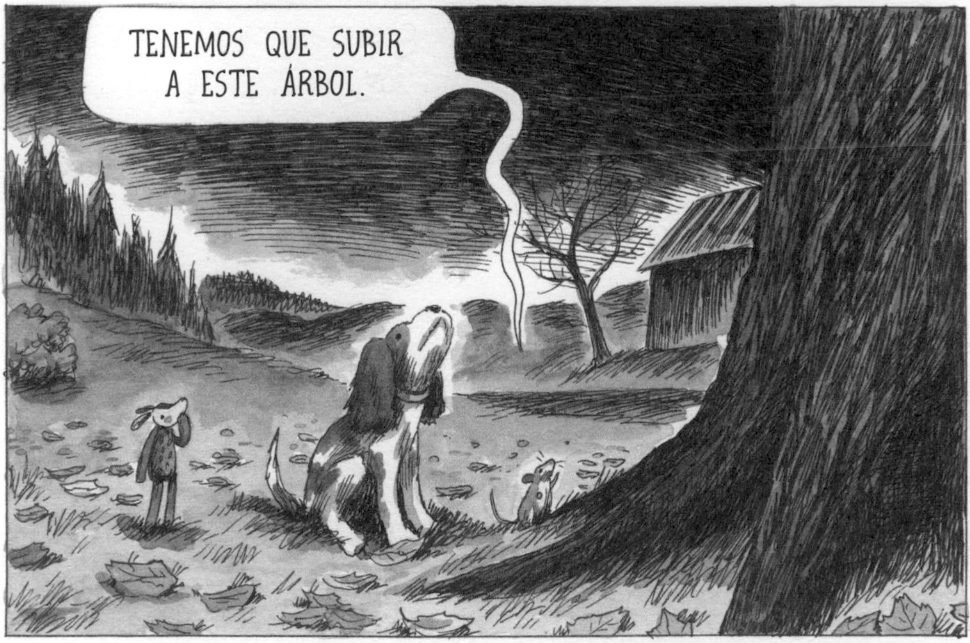
TENEMOS QUE SUBIR
A ESTE ÁRBOL.

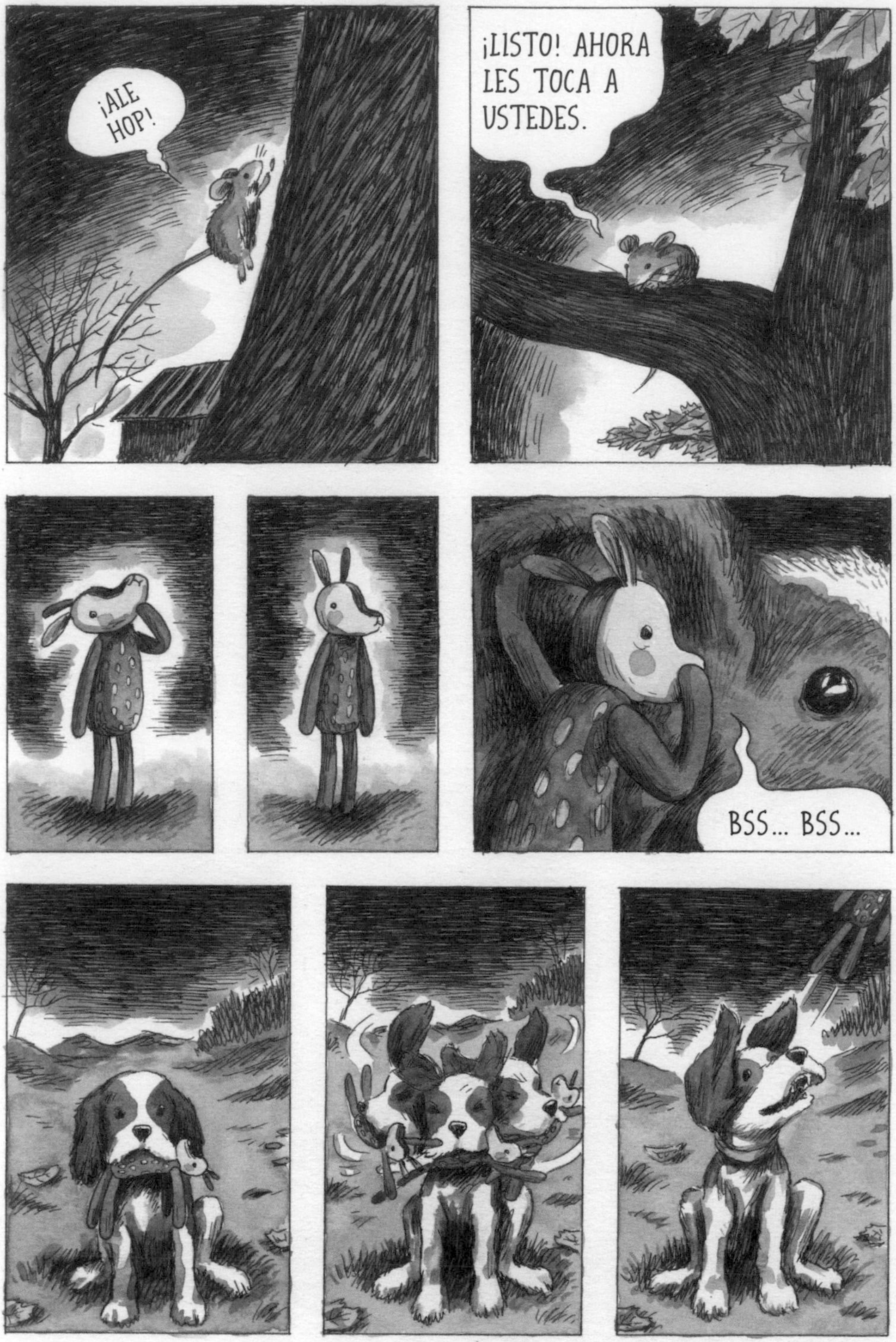
¡ALE HOP!
¡LISTO! AHORA LES TOCA A USTEDES.
BSS... BSS...

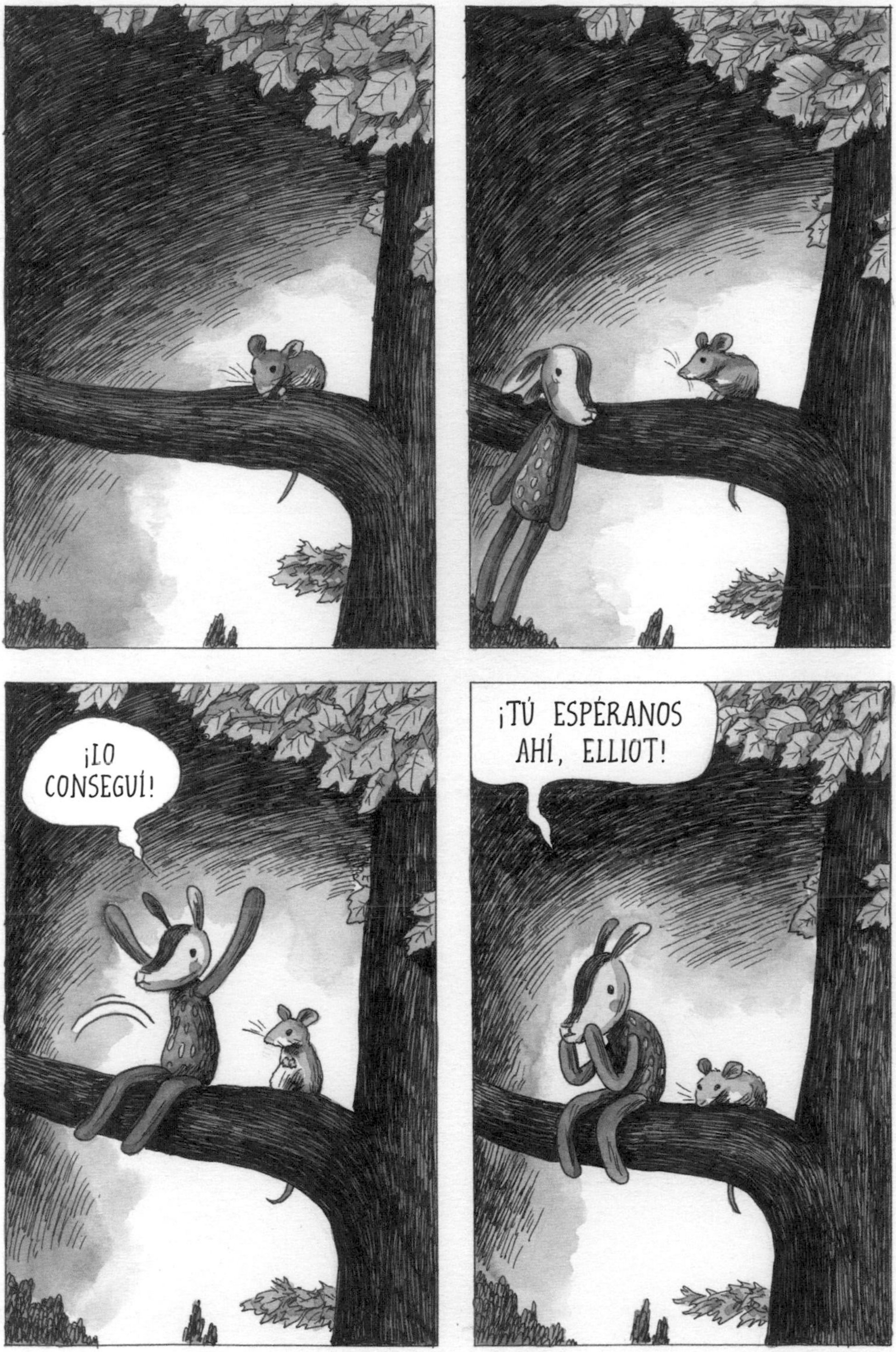
¡LO CONSEGUÍ!
¡TÚ ESPÉRANOS AHÍ, ELLIOT!

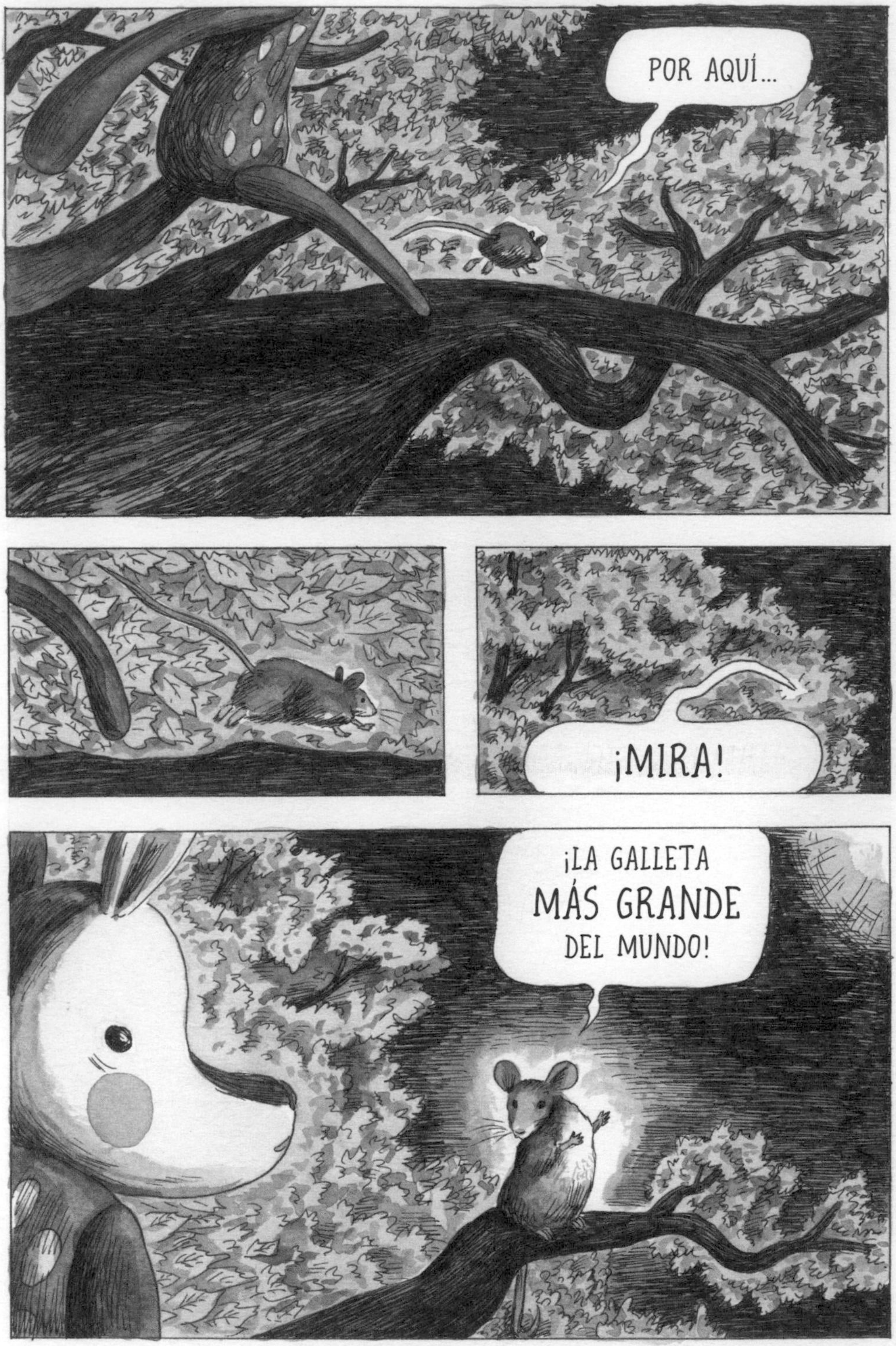
POR AQUÍ...
¡MIRA!
¡LA GALLETA MÁS GRANDE DEL MUNDO!

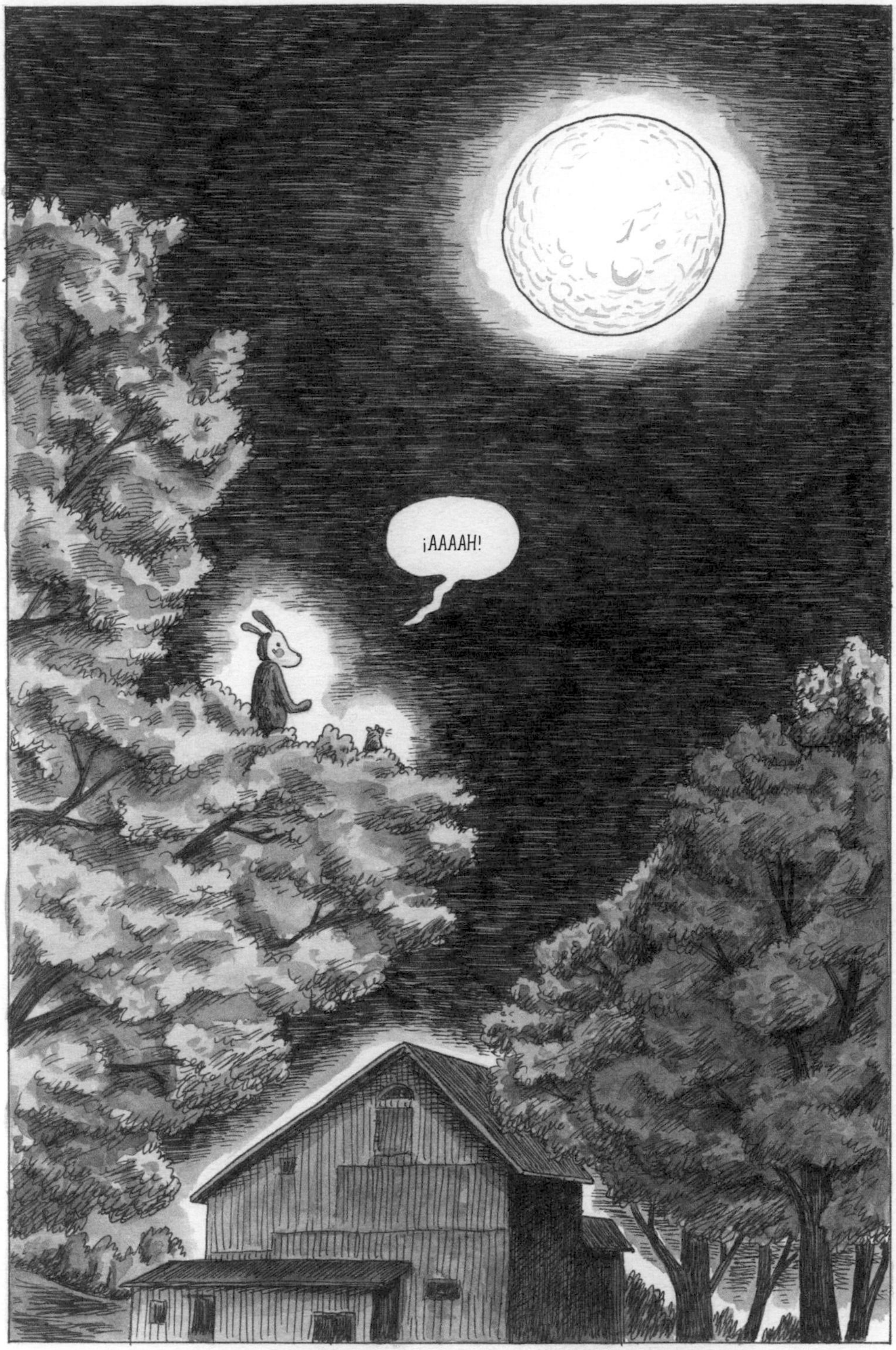
¡AAAAH!

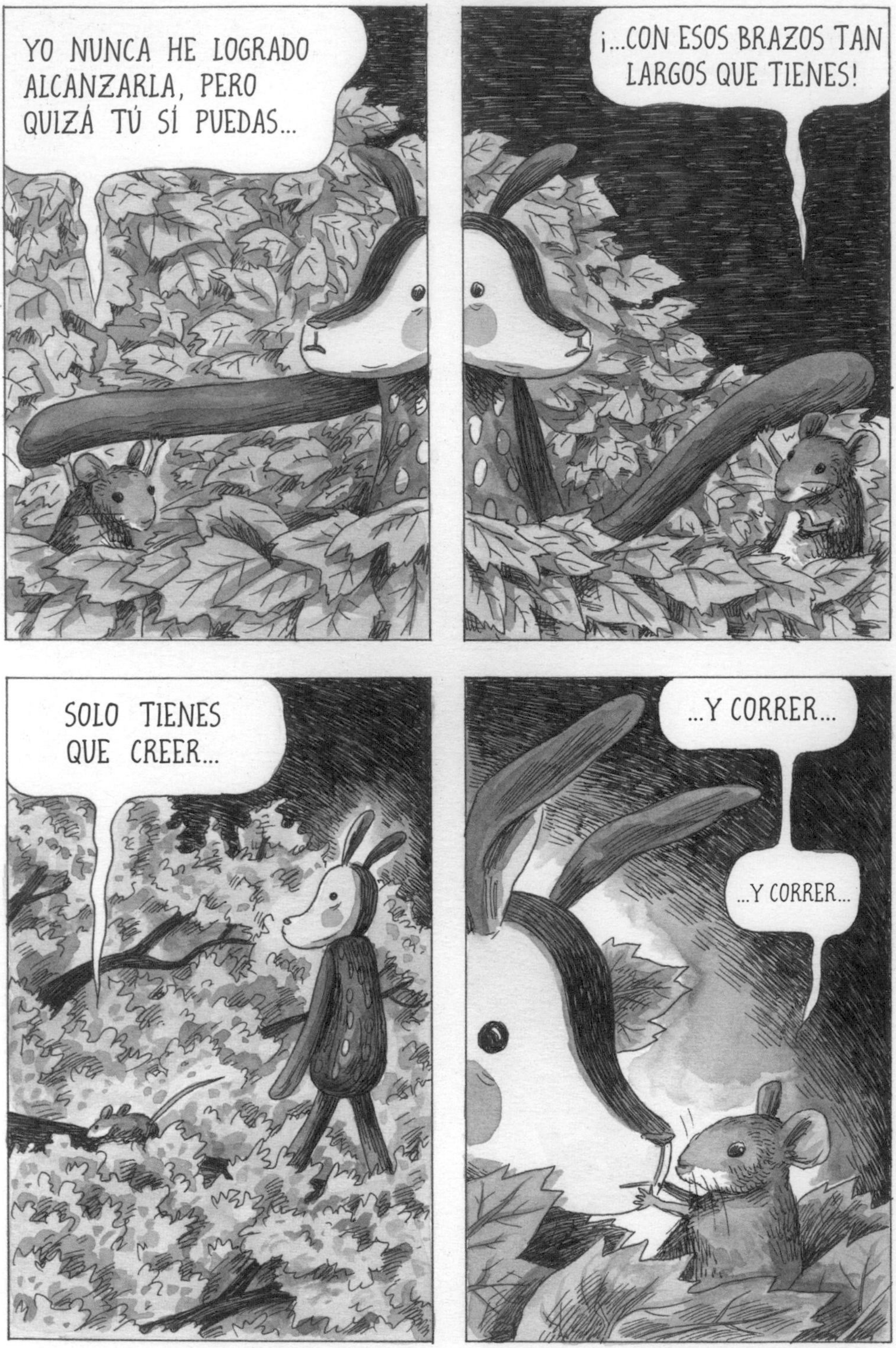
YO NUNCA HE LOGRADO ALCANZARLA, PERO QUIZÁ TÚ SÍ PUEDAS...
¡...CON ESOS BRAZOS TAN LARGOS QUE TIENES!
SOLO TIENES QUE CREER...
...Y CORRER...
...Y CORRER...

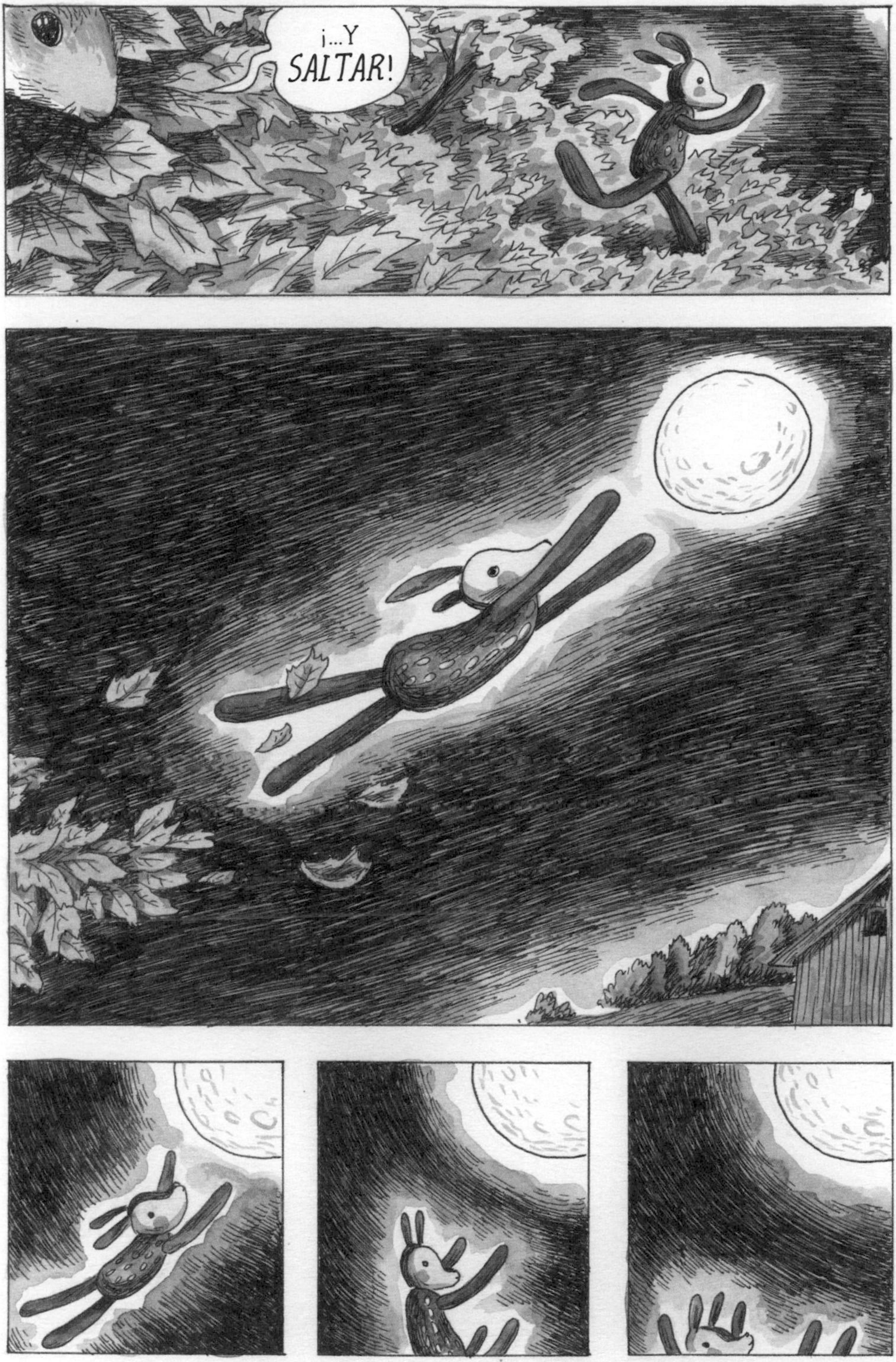
¡...Y
SALTAR!

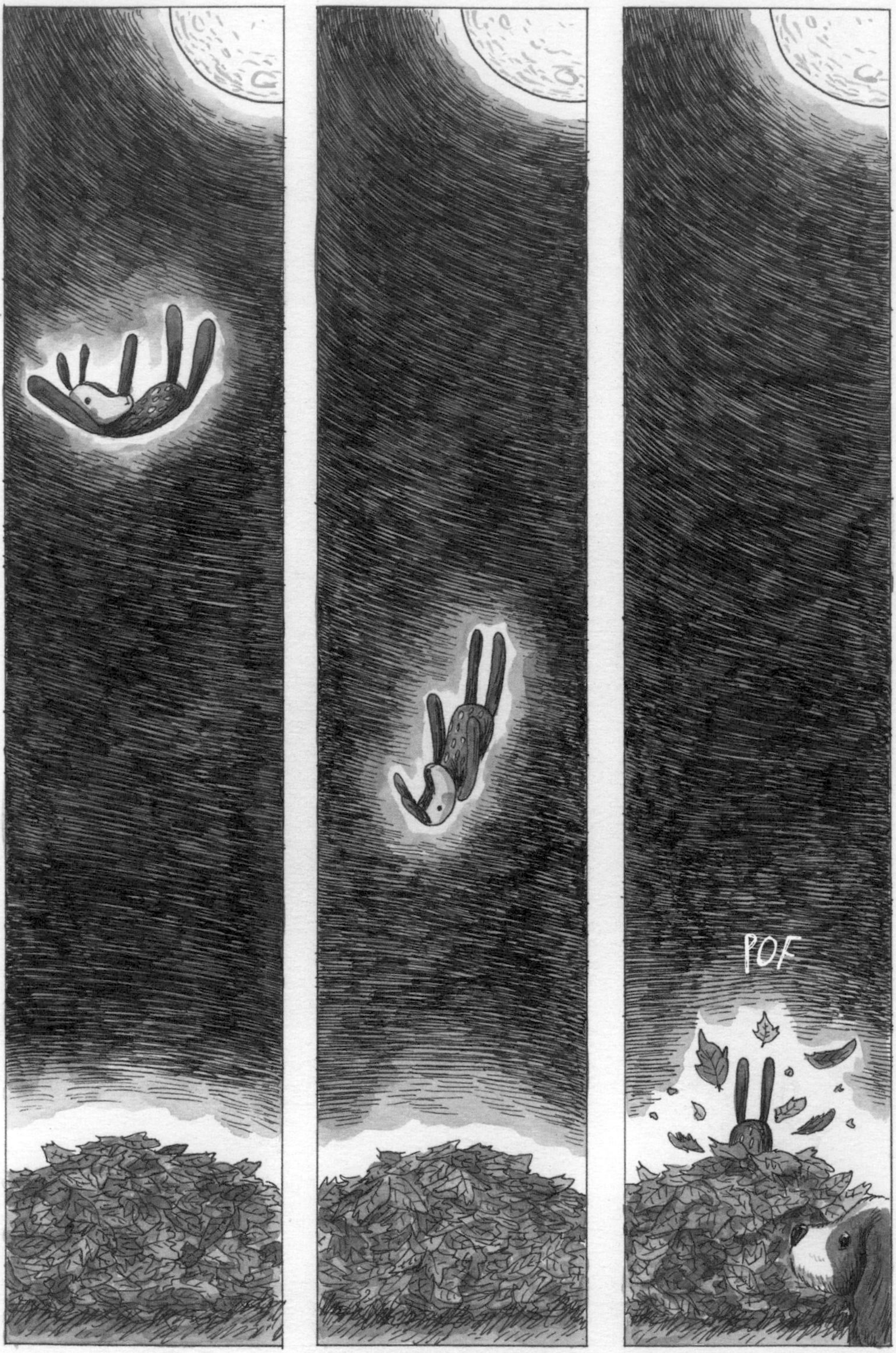
POF

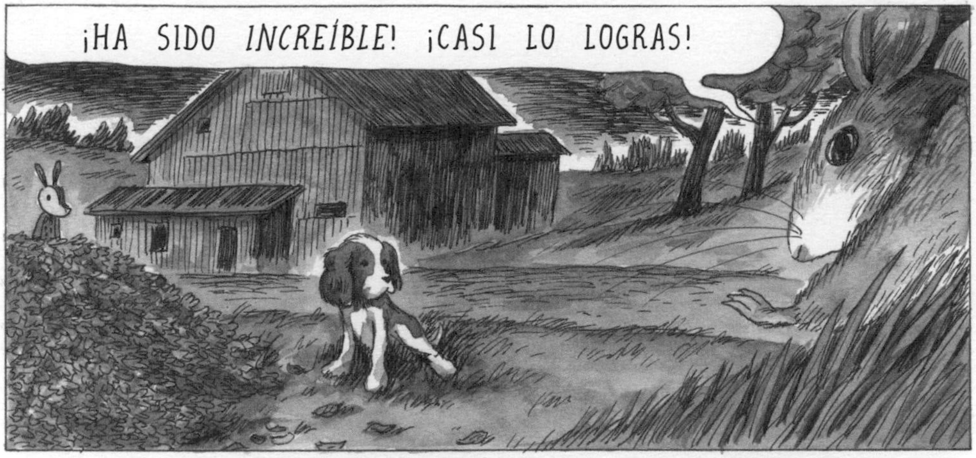
¡HA SIDO *INCREÍBLE*! ¡CASI LO LOGRAS!

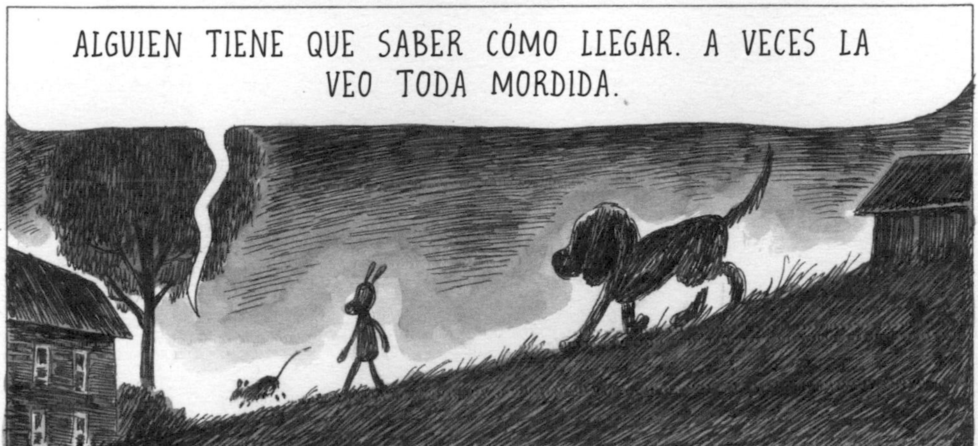
ALGUIEN TIENE QUE SABER CÓMO LLEGAR. A VECES LA VEO TODA MORDIDA.

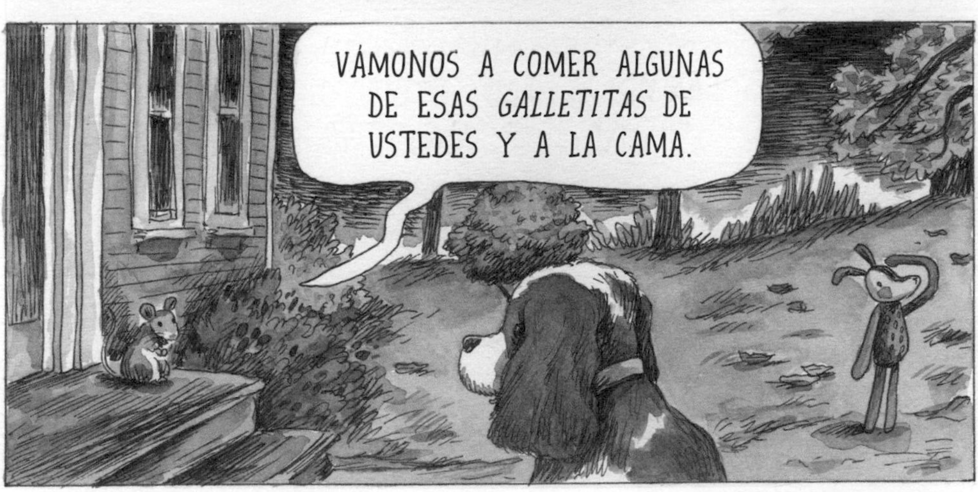
VÁMONOS A COMER ALGUNAS DE ESAS *GALLETITAS* DE USTEDES Y A LA CAMA.

GRACIAS, AMIGOS. POR CIERTO, ME LLAMO BRADLEY.
ÉL ES ELLIOT Y YO SOY PLANETA.
¡PLANETA! ES UN NOMBRE *MUY GRANDE* PARA UNA CRIATURA *TAN PEQUEÑA*.
CADA CRIATURA, GRANDE O PEQUEÑA, ES UN UNIVERSO ENTERO.

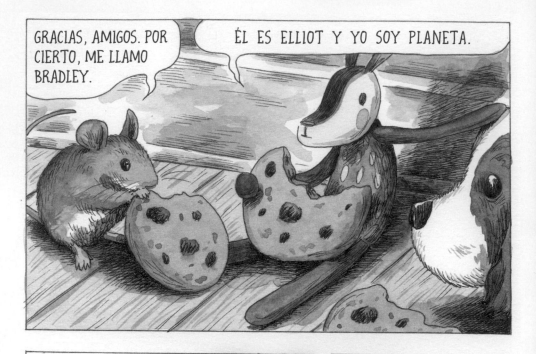

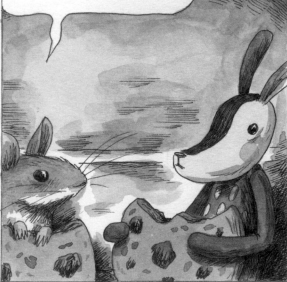

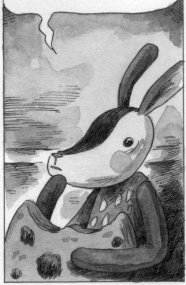

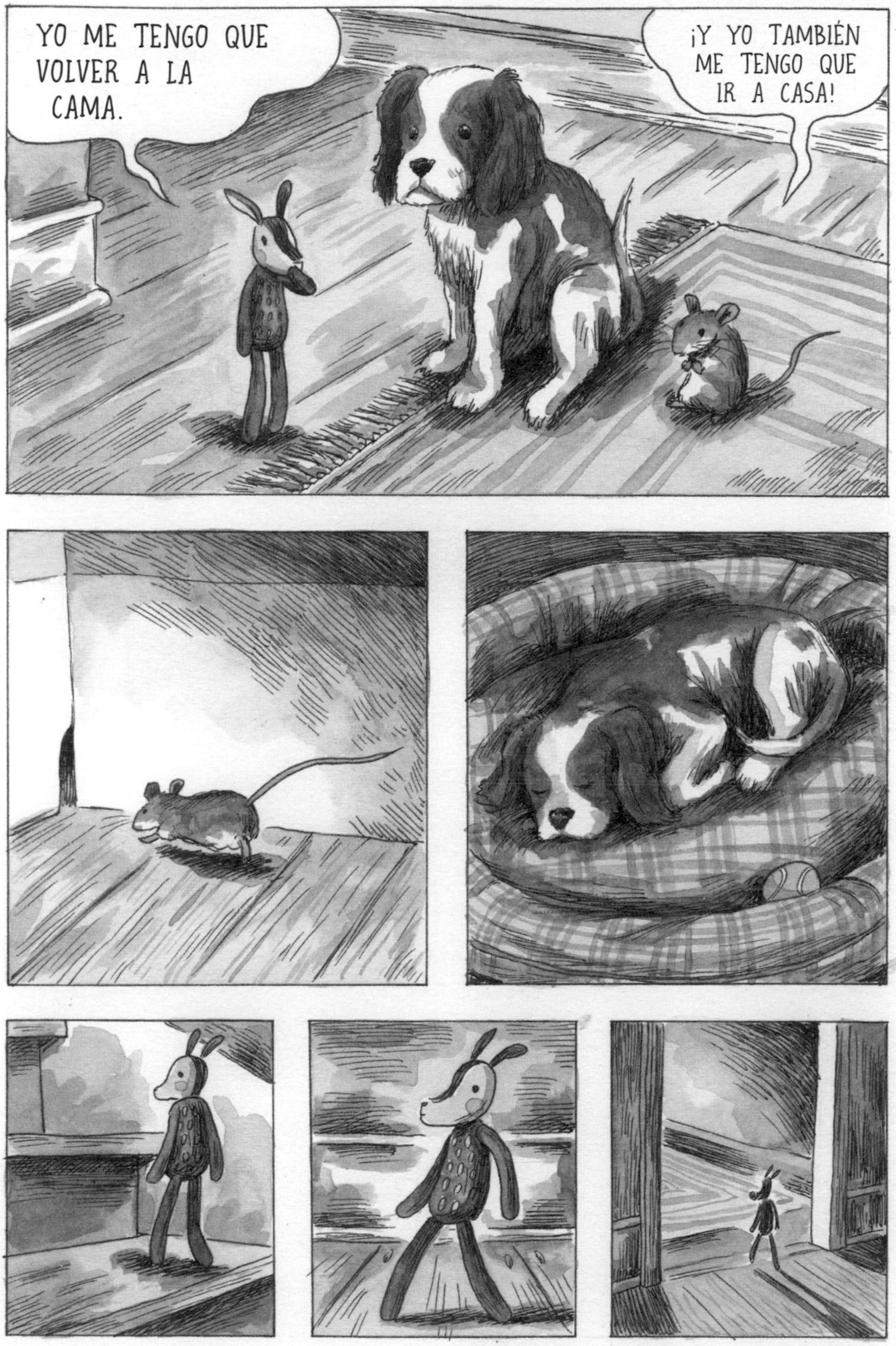
YO ME TENGO QUE VOLVER A LA CAMA.
¡Y YO TAMBIÉN ME TENGO QUE IR A CASA!

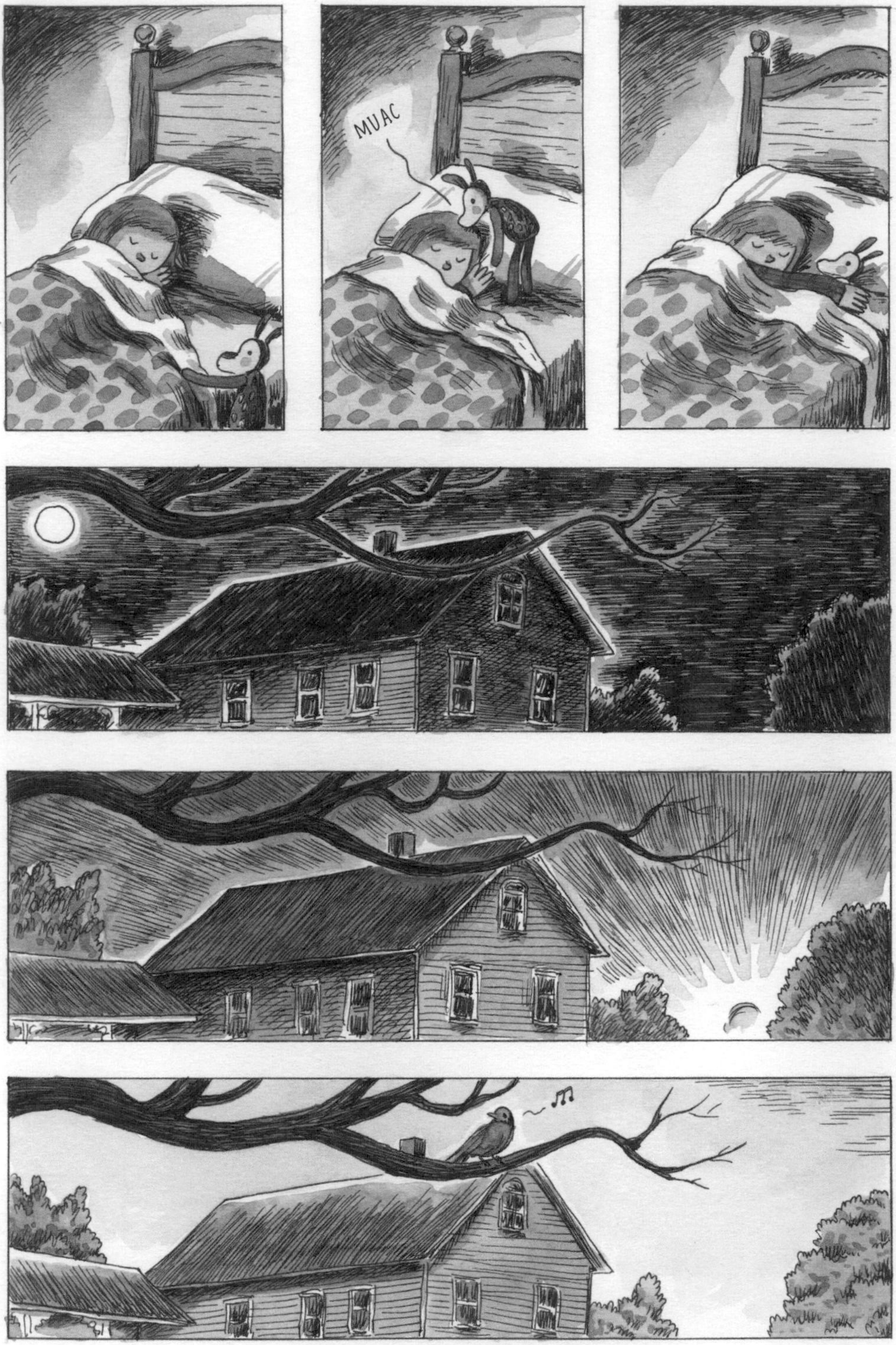
MUAC

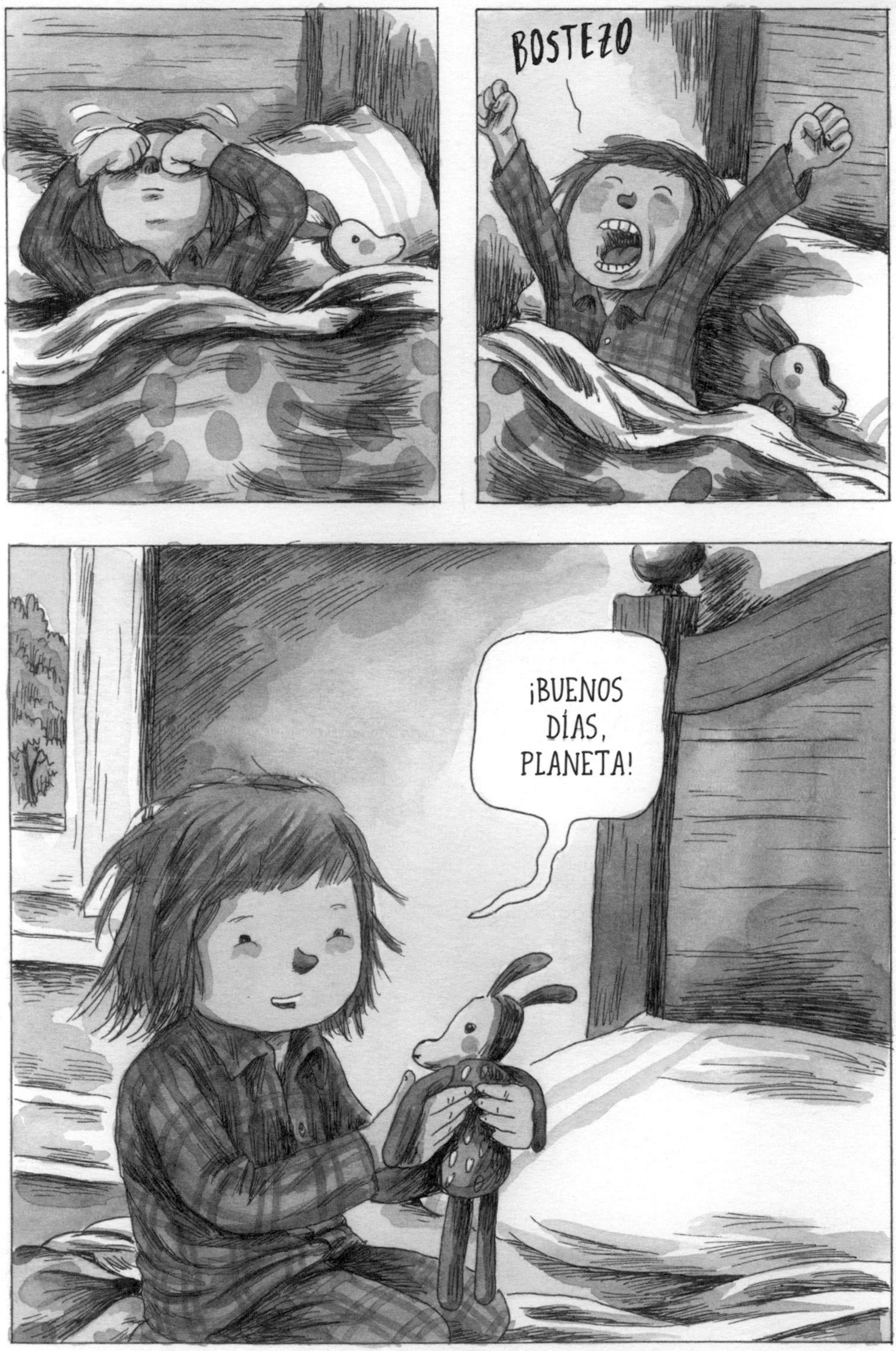
BOSTEZO
¡BUENOS DÍAS, PLANETA!

FIN

SOBRE EL AUTOR

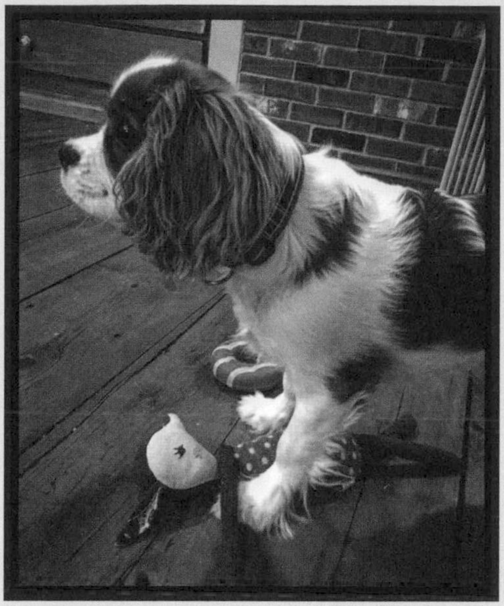

El debut de **LINIERS** en EE.UU., el Libro TOON *El globo grande y mojado*, fue nominado para un Premio Eisner y seleccionado en el Top 10 de Parents Magazine. Su siguiente Libro TOON, *Escrito y dibujado por Enriqueta,* fue elegido como uno de los Mejores Libros del Año por el School Library Journal. Ricardo Liniers Siri es de Buenos Aires, Argentina, pero actualmente vive en Vermont como artista invitado del Center for Cartoon Studies. Tanto a él como a su mujer, sus tres hijas y su perro Elliot (en la foto, junto a Planeta) les encanta mirar el cielo nocturno de Nueva Inglaterra. La inspiración para escribir este libro le llegó cuando le regaló un nuevo animal de peluche a su hija pequeña, Emma. Como nos cuenta el propio Ricardo, «en aquel entonces Emma tenía tan solo dos años y medio. Yo le pregunté: '¿Cómo se llama tu nuevo muñeco?', y ella soltó una de las palabras que acababa de aprender: '¡Planeta!'. Fue el nombre perfecto».

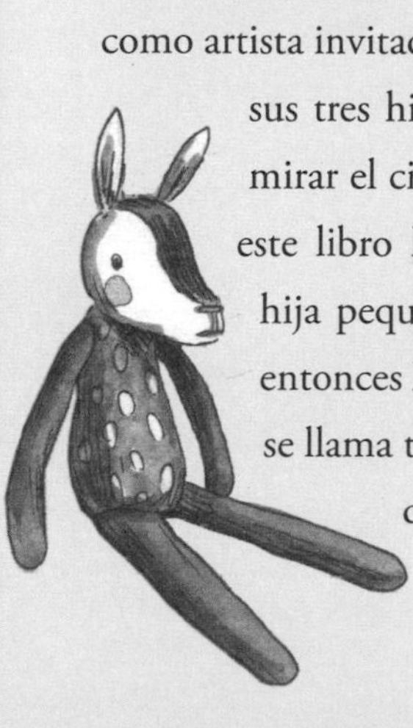

CÓMO LEER TIRAS CÓMICAS CON LOS NIÑOS

¡A los niños les encantan las tiras cómicas! Sienten una atracción natural por los detalles de los dibujos que hace que quieran leer las palabras. Las tiras cómicas invitan a que se lean repetidamente y permiten que tanto principiantes como lectores reacios disfruten de historias complejas con un vocabulario variado. Sin embargo, como las tiras cómicas tienen su propia gramática, aquí les ofrecemos algunas recomendaciones para leerlas con los niños:

GUÍE A LOS LECTORES JÓVENES: Use un dedo para mostrar su lugar en el texto, pero manténgalo debajo del dibujo del personaje que habla, para que no tape las expresiones faciales, que son tan importantes.

¡DRAMATÍCELO! Piense en la historia de la tira cómica como si fuera una obra de teatro y no tema leer con expresividad y entonación. Asígneles personajes de la historia o haga que los niños pongan los efectos de sonido; es una forma estupenda de reforzar las destrezas fónicas.

DEJE QUE ELLOS ADIVINEN. Las tiras cómicas ofrecen mucho contexto para las palabras, así que los lectores principiantes pueden hacer suposiciones fundamentadas. Como los rompecabezas, los cómics les piden a los lectores que hagan conexiones, así que compruebe la comprensión del público joven preguntando "¿Qué está pensando este personaje?" (pero no se sorprenda si un niño descubre algunos de los detalles sutiles de la tira cómica más rápido que usted).

HABLE DE LOS DIBUJOS. Muéstreles cómo el artista le marca el ritmo a la historia con pausas (viñetas mudas) o con acción acelerada (una serie rápida de viñetas cortas). Hablen sobre cómo el tamaño y la forma de las viñetas tienen significado.

SOBRE TODO, ¡DISFRUTE! Está claro que no hay una única forma correcta de leer, así que busque compartir el placer. Una vez que los niños hagan que la historia se forme en su imaginación, habrán descubierto el deleite de leer y no los podrá detener. Cuando llegue a ese punto, búsqueles más libros y más tiras cómicas.

www.TOON-BOOKS.com

VEA EN INTERNET NUESTROS GENERADORES DE TIRAS CÓMICAS, PLANES DE CLASE Y MUCHO MÁS.